나를 키운 건
8할이
나쁜 마음 이었다

나를 키운 건 8할이 나쁜 마음이었다

펴 낸 날 | 2020년 9월 1일 초판 1쇄

지 은 이 | 이혜린
펴 낸 이 | 이태권

책임편집 | 최선경
책임미술 | 양보은

펴 낸 곳 | 소담출판사
　　　　　서울특별시 성북구 성북로5길 12 소담빌딩 301호 (우)02880
　　　　　전화 | 02-745-8566　　팩스 | 02-747-3238
　　　　　등록번호 | 1979년 11월 14일 제2-42호
　　　　　e-mail | sodambooks@naver.com
　　　　　홈페이지 | www.dreamsodam.co.kr

ISBN　　　979-11-6027-186-7 03810

이 도서의 국립중앙도서관 출판시도서목록(CIP)은 서지정보유통지원시스템 홈페이지
(http://seoji.nl.go.kr)와 국가자료공동목록시스템(http://www.nl.go.kr/kolisnet)에서
이용하실 수 있습니다.(CIP제어번호: CIP2020030239)

나를 키운 건
8할이
나쁜 마음 이었다

이혜린 지음

소담출판사

나는 좋은 사람이다. 여기 동의하지 않는 사람이 몇 명 정도는 있겠지만(그래, 넉넉잡아 십 수 명… 수십 명? 암튼.) 대체로 좋은 사람이라고 평가해주는 것 같다. 밤마다 투잡을 뛰어서 기부하거나 주말마다 졸린 눈 비비고 나가 봉사활동을 하거나 뭐 그런 삶을 살진 않지만, 꼭 그런 사람만 좋은 사람은 아니니까.

한 공간에 있는 사람을 섬뜩하게 만들지 않고, 같이 일하는 사람을 사표 쓰게 만들지 않고, 나 믿어주는 사람을 뒤통수쳐서 뛰어내리게 만들지 않았으니 이만하면 됐다.

이처럼 좋은 사람인 내 안에도 나쁜 말은 쌓인다. 어쩌면 좋은 사람이라서 더 쌓이는지도 모른다. **은행 연리 0.8%짜리 정기예금 이자처럼 지지부진하게 쌓이다 로또 맞은 양 폭발하기도 하고, 분명 에베레스트만큼 쌓였는데 잠깐 한눈팔다 정신 차려 보면 싸라기눈처럼 흩날려 없어지기도 한다.

가끔은 궁금하다. 내 안에 숨겨둔 나쁘고 흉한 말이 진짜 나인 가, 나쁜 말을 숨기고 사회적 체면을 다하는 좋고 아름다운(대구를 맞추기 위한 수식어입니다.) 내가 진짜 나인가.

정답. 둘 다, 나다. 이 뻔한 말을 하려고 만 원이 훌쩍 넘는 책을 쓰자는 건 아니다. 나는 아직 덜 성공한 작가일 뿐, 양아치는 아니다. 우리 모두가 정답을 아는데 가끔은 그걸 탐구할 시간이 필요하더란 말이다. 이를테면 거대한 결정을 내려야 할 때라든지, 타인을 제대로 평가해야 할 때라든지. 진짜 내 자아의 단면을 과감하게 뭉텅 잘라 그 구성 성분이 어떤지 명확하게 관찰해야 내가 덜 힘든 방향으로 나아가고 남을 엉뚱하게 판단하지 않는 어떤 길잡이를 구할 수 있는 거다.

좋은 사람인 나는 역사가 있다. 경력을 쌓아 명함을 만들고 인맥을 쌓아 평판을 만들고 추억을 쌓아 사랑을 만든다. 그런데 나쁜 나는 그럴 기회가 별로 없다. 어쩌면 진짜 나일지도 모르는데. 가끔은 진짜 내 동력인데. 사실은 나란 인간 그 자체인데. 그래서 기록해봤다. 남이 볼까 무서워 C드라이브 찌르라기 폴더에 숨겨놔도 모자랄 판에 책으로 발표하기로 했다.

다 같이 악마가 되자는 건 아니고, 그냥 공유해보고 싶다. 내 안에 숨겨뒀던 나쁜 말들. 다들 비슷하면 우린 다 같이 연대를 느껴보는 즐거운 경험을 하게 될 거다. 작가만 나쁘다 싶으면

'그래도 얘보다 낫네.'라는 위안을 받으면 되겠다. 흉을 보며 스트레스를 풀어도 좋고. 물론, 자신이 작가보다 나쁘다 싶을 수도 있겠다. 괜찮다. 사실은 나도 이 책에 나오는 '나'보다 더 나쁘다. 으하하.

차례

사람이 싫다

꽃보다 아름답긴 개뿔,
가끔은
다 쏴 죽이고 싶어.

♈ 누군가 부탁이나 제안을 해올 때
예전의 나는 꽤나 신중했다.

내가 못 들어주게 되면 어쩌지?
나만 믿었다 얘가 난처해지면 어쩌지?

그런데 요즘은 일단 예스다.
자세한 사정을 듣지 않고도 일단 예스를 한다.

상대들은 대체로 내 예스에 의지하지 않고
대안을 마련해두더라는 거.
처음부터 안 된다고 못 박는 것보단,
해보겠다고 하고 하는 척이라도 해주는 걸
더 선호하더라는 거.

그래도 난 양심이 있으니까
내 전력의 20% 정도는 써본다.
전화 한 통이라던가, 카톡 몇 통이라던가.

귀찮다.

상대는 나에게

몇 프로의 전력을 쓴 과거가 있는지 계산한다.

이 계산은 놀랍도록 재빨리 진행된다.

그리고 적정선을 뽑아낸다.

전화를 몇 통 더 해볼 것인가.

모르겠다고 답을 할 것인가.

혹은 이조차도 뭉개고 있다 다음에 만나면

"아차, 깜빡했다. 미안."이라 할 것인가.

가벼운 부탁과 제안에는

가볍게 예스하고 가볍게 퉁 치는 기술,

가볍디가벼운 이 세상에

혼자 오버하지 않는 비법이랄까.

♆ 처음부터 그랬던 건 아니다, 진짜로.

그런데 이 세상엔
자잘한 부탁이나 청탁쯤은
아무것도 아니라고 생각하는 사람이 너무 많다.

그리고 지인 찬스로 획득하는
'공짜'에 너무들 환장한 것 같다.

연예부 기자 명함을 주자마자
걸그룹 사인 CD를 구해달라고 하는 사람을 봤다.
소설 쓰는 작가라고 소개하자마자
책을 공짜로 보내달라고 하는 사람도 봤다.
호텔 얘기가 나와서 아는 사람이
관련 직종에 있다고 하니 할인권을 구해달란다.
우연히 만나 인사 한 번 했는데 전화가 와선
자기 딸 숙제에 뭐가 필요하다고 내게 알아봐 달란다.

기분 좋을 때야 '그까짓 거' 웃어넘길 수 있지만

안타깝게도 난 대체로 기분이 좋지 않다.

그래서 "네네, 그럼요.", "네네, 알아볼게요." 하고는
진심으로 잊어버리려 노력한다.

다음에 그들이 이 얘기를 꺼낼 때
진심으로 화들짝 놀라기 위해서다.

다시 안 보면 더 좋고.

♆ 역으로 내가 부탁을 할 땐
몇 가지만 기억하면 된다.

우선 별거 아닌 걸로
아쉬운 소리 하는 구린 사람은 되지 않기로 한다.

그런데 살다 보면 별일이 생긴다.
그럴 땐 내가 얼마나 간절한지 명료하게 전달한다.
너 아니면 대안이 없으며
이게 좌절되면 내가 얼마나 힘이 들 것인지

그리고
이 부탁에 내가 얼마나 성의와 수고를 마다하지 않는지
보여주는 거다.

가장 확실한 건 그거다.
너도 조만간 보상을 받게 될 거라는 뉘앙스.
대놓고 딜을 하면 촌스러운 거고
은근슬쩍이지만

충분히 캐치할 수 있을 법한 일종의 계약.

기브 앤 테이크 만세.

ψ 우리말이 특히 맘에 드는 건
의문형의 문장 끝에 확실한 악센트가 꽂힌다는 점이다.

밑도 끝도 없는 남의 얘기에 고개만 주억거리다
의문형의 문장이 나올 때만 적당히 '네', '아니오'를 해주면
날 절친이라 믿는 사람을 얻을 수 있다.

ψ 네 얘기 잘 들어주고 있단 의미에서
   "맞아, 맞아." 외치며 비슷한 사례를 꺼내 들거나
   "그건 아니지." 하며 자기 의견 개진하는 애들이 있다.

   하수다.

   상대는 주인공이 되고 싶은 거다.
   주인공을 시켜주면 자기가 알아서 맘 활짝 열고
   내가 필요한 만큼 써먹을 수 있는 인맥이 돼 주는데

   굳이 스테이지 쳐들어가 마이크 같이 쓰자고 해서
   경쟁자가 될 필요 없는 거다.

   어차피 친구 할 맘 없고
   필요한 만큼만 써먹을 거면
   주인공 맘껏 시켜주고 쉽게 써먹으면 그만.

   자기애 뿜뿜한 화자와 과묵한 청자 사이에
   호구는 정작 전자라는 거, 잊지 말길.

Ψ　가끔은 일부러 무례해 본다.

난 이렇게 무례해도 괜찮아,
사람들이 참아줄 만큼 내가 성공한 거야.
사람들이 웃어줄 만큼 내가 매력적인 거야.

나 스스로 그 확신이 필요해서.

네 약점을 후비지만 넌 웃지.
네 신경을 건드려도 넌 참지.

난 너보다 우위에 있어,
그 확신이 필요해서.

♆ 그래서

나는 무례한 사람에게 관대하다.

무례한 사람 별거 아니야.

그냥 그 확신 없이 못 견디는 머저리거든.

근데 또 뼛속까진 무례하지 못해서 스스로도 힘들어.

방금 그 말 수위가 셌다 싶지?

내가 참고 넘어가니 안심이 되지?

그래도 오늘 밤엔 생각이 좀 날 거야.

아까 그 말이 심했나?

내 표정이 사실은 띠껍지 않았나?

곱씹고 또 곱씹다

내가 널 싫어하면 어쩌나 걱정도 될걸?

난 네 생각 안 할 건데.

ψ 평소의 나는

비교적 예의 있는 사람이다.

누가 웃으며 말 걸어오면 웃으며 답해주고

누가 명함 주며 인사해오면 내 명함도 주며 인사한다.

누가 안부를 물어오면 나도 안부를 물어주고

누가 실수하고 미안하다 하면 괜찮아 괜찮아, 해준다.

그런데 가끔은,

이것만으로도 죽도록 피곤해서

여기서 딱 한 스푼의 예의를 더 요구해 온다면

머리통을 후려쳐버릴 것만 같은 거다.

내가 카톡 이모티콘을 꼬박꼬박 사는 건
단 한 가지 이유 때문이야.

대화 끝이라고 귀엽게 알려주기 위해서.

그런데 그 이모티콘에 자꾸 답을 하면
이모티콘 산 보람이 없어지잖아.

제발
내 이모티콘 값 좀 존중해 줘.

♆ 힘들다, 힘들다.

지겨워 미치는 소릴 또 들어주고 있는 건

괜히 한마디 해봤자

'너보다 내가 더 힘드니까 닥쳐.'라고 할 게

뻔하기 때문이다.

그러므로

내가 네 투정을 몇십 분째 들어주고 있는 건

널 위로하기 위해서도 아니고,

네 얘기에 공감해서도 아니고,

그저 내가 너보다 잘나가기 때문이다.

♆ 딱히 내 힘든 얘길 하고픈 맘도 없다.

내가 힘들다고 할 때
'어머, 정말 안됐다.' 하면 그것도 자존심 상하고
'그래도 나보단 낫네.' 하면 그것도 머쓱하니까.

아니, 진짜 솔직해지자면
'나보단 낫네.' 소리를 듣고
머쓱해지고 싶었던 건지도 몰라.

그래, 너희에 비하면 나 별로 힘든 거 아니지?
내 힘든 말을 개무시하는 친구들로부터 얻는
희한한 위로.

Ψ 서운해, 너무 서운해.

나 회사 그만둘까 말까
한다고 얘기했었잖아.

몇 달 만에 만났는데
그새 어찌 됐는지 물어봐야 하지 않아?

나 남친이랑 헤어지고
힘들어했었잖아.

몇 달 만에 만났는데
그새 괜찮아졌는지 물어봐야 하지 않아?

이렇게 10년 전 얘기부터 다시 리셋할 거면
왜 자꾸 모이는 거야, 내 얘기 듣긴 했던 거야?

응?

너 결혼을 했었나?

애가 있다고?

내가 결혼식을 갔었구나.

아기 옷도 사줬었구나….

나 좋은 친구 맞네.

으하하.

♆ 우리 회사는 압구정, 너는 홍대,

얘는 광화문, 쟤는 이태원.

만날 날짜, 시간 다 정하고

진짜 시작되는 갑의 게임.

자, 그럼 장소는?

♀ 안 궁금하면 안 궁금하다고 하면 좋겠다.

아님 애초에 말을 안 꺼내면 좋겠다.

다 들어줄 거처럼 물어놓고

휴대폰은 왜 들여다보는 건데.

카톡 안 온 거 다 알아.

♀   각자 폰만 들여다볼 거면 왜 모였니.

5미싫
다

이럴 거면 단톡방에서 얘기해.

거기선 이모티콘이라도 날리지.

여기선 대체 뭐 하라고.

본 피드 보고 또 보고, 지겨워 죽겠네.

31

♀   12시간 숙면 취하고 왔는데
    뭐가 피곤해 보인다는 거야.

    내가 살쪄 보이는지 묻지도 않았는데
    살이다, 부기다, 왜 결론 내주는 거야.

    물을 때만 대답해.

    나도 네가 묻기만을 기다리고 있어.
    답해줄 게 있거든.

    네 정수리가 훤해졌어.

힘들다고 말로 하면 될 것을

신경질로 알려주면

널 더 힘들게

만들고 싶어지잖아.

♆   화풀이도 사람 봐가며 해.

더 큰 화를 부르는 수가 있어.

♆ 듣기 싫은 거 알겠으니

잔소리 그만할게.

너도 내 말대로 안 할 거면

애초에 상담을 하지 마, 좀.

ψ 보기보다 많이 먹는다고 감탄한다.
이렇게 잘 먹을 줄 몰랐다고 놀란다.

내 몸을 훑고
이 정도 식탐에 내 몸매를 갖는 게
어떤 의미인지 한참 설명한다.

난 그저
네가 말 걸까 봐 계속 먹는 건데.

♀ 남자 인물 필요 없다고?

남자 인물 보는 거 바보 같다고?

능력 보면 속물이라 욕할 거면서.

아, 성격을 보라고?

왜 잘생기면 못됐을 거라 생각하는데?

왜 어리면 바람 필 거라 생각하는데?

네가 못 가졌다고

폄하하진 마.

♀ 내가 잘생긴 남자 좋아한다는데
왜 너에 대한 공격으로 받아들이니.

안심해,
잘생긴 남자 좋아한다고
못생긴 남잘 해치진 않아.

넌 안전해.

♆ 내 첫 경험은 왜 물어?

기준이 뭐냐고.
기준에 따라 다 다른 남자라.

네 첫 경험은 언젠데?

아니, 그거 말고
여자 반응 봤어?

기준에 따라
너 아직 숫총각일 수도 있어.

♆ 뭔가를 끔찍이 사랑하면
자꾸 주위 사람들에게 자랑하고픈 마음
충분히 알겠으나,

코앞에 들이댄 스마트폰에서 흘러나오는
하나도 안 귀여운 아기 동영상 보면서
'아이고 예뻐라.' 연기해야 하는 사람
고충도 이해해주면 좋겠다.

제발, 궁금해할 때만 보여주면 안 될까.

자기 결혼 생활 힘들다고

싱글들 볼 때마다

결혼하지 말라고 하는 사람들이 많다.

결혼이 얼마나 끔찍한지

결혼하려는 게 얼마나 바보 같은지

유머 감각 총동원해 자학하고 배우자를 힐난한다.

그런데 그때마다 느껴지는 건 그들의 묘한 우월감이다.

나는 너희가 못 해본 걸 먼저 해보고

조언할 수 있는 사람이다.

나는 너희가 못 해본 걸 먼저 해보고

불평할 수 있는 사람이다.

궁금한 나는 결혼해보고 판단할 테니

그렇게 싫은 넌 이혼부터 해, 그럼.

♆ 내가 애 안 낳는 게 국가에 손실일지 이득일지,
네가 뭘 알아.

사이코패스일 수도, 테러리스트일 수도 있는데
낳기만 하면 되냐.

네가 키워줄 거 아니면 닥쳐.

♆ 내 연애는 내가 알아서 할게.

내 결혼도 내가 알아서 할게.

내가 외로움에 정신 나간 건 사실인데

네가 시집가서 내 예상보단 잘 사는 건 사실인데

딱 까놓고 말해서

네가 남한테 훈수 둘 입장은 아니잖아.

네 남편 정도의 남자는 말이야.

그냥 줘도 안 하는 거야, 내가.

♆ 와이프는 여자로 안 보이고

가족끼리 하는 거 아니고

왜 자꾸 떠들고 다니는지 모르겠다.

저러면

가족 아닌 여자와 할 기회가 올까 봐?

저러면

와이프한테 무시당하는 거 보상받는 기분이라?

저러면

유머 감각 출중한 유부남이다, 박수 쳐줄까 봐?

제발 그만해요.

아저씨 외로운 거 관심 없어요.

넌 웃는데 난 불편하고
난 웃긴데 넌 의아하지.

난 네가 무감하다 생각하고
넌 내가 예민하다 생각하지.

난 휴머니스트인데
넌 날 페미라고 하지.

난 네가 고루하다 생각하고
넌 내가 지랄 맞다 생각하지.

날씨 얘기나 하자.
올해도 참 더워, 그치?

♀ 너는 날 몰라.

"잘될 거야." 했지만
사실 잘되든 말든 내 코가 석 자였고

"힘내." 했지만
사실 대화 종결에 가장 좋은 말이었을 뿐이었고

"또 보자." 했지만
사실 조만간은 아닐 거라 생각했어.

"축하한다." 했지만
사실 나보다 잘될까 살짝 겁이 났고

"예뻐졌다." 했지만
사실 자세히 들여다보지도 않았고

"어머, 어떡해." 했지만
사실 내 일이 아님에 감사했어.

그래도 나 좋은 사람이야?

네가 날 몰라서 그래.

그리고 궁금해.

너는 내가 보기에 참 좋은 사람인데,

나도 널 몰라서 그래?

♀ 그래. 안다, 알아. 나 잘난 거.
   좋겠다는 소리 좀 그만했으면 좋겠다.

   아니야, 운이 좋았어. 넌 더 잘 해낼 거야. 블라블라.

   레퍼토리가 떨어졌다.
   수줍은 듯 눈을 내리깔고, 모자란 사람처럼 히히 웃고,
   너의 장점도 어렵게 찾아 칭찬하고.

   찰나에 번뜩이는 네 눈길,
   나는 알고 있다.

   내가 잠시라도 방심해
   건방짐 한 조각 흘리길 기다리는 거.

   아니야, 운이 좋았어. 넌 더 잘 해낼 거야. 블라블라.

   피곤하다, 피곤하다.
   겸손한 척 정말 피곤하다.

Ψ   5년 만에 연락해

모바일 청첩장 보내주면

뭐 어쩌라고.

축하한다, 꺼져.

ψ　100세 시대잖아.

네 아기 땐 150세까지 살걸.

150년 살 건데

1년 산 건 너희끼리 축하하면 안 되니.

아니,

돌잔치 초대는 예의상 안 하는 걸로

몇 년 전에 사회적 합의가 된 거 아니었어?

주위에 사람 없어?!

Ψ 너 얼굴 좋아졌다?

네 회사 완전 잘나가지?

와이프 집안이 그리 좋다며?

너는 진짜 잘될 줄 알았어.

이야, 그 시계 엄청 비싸 보여.

차는 언제 또 바꿨대?

근데 왜 이리 못 알아들어.

직설적으로 말할게.

오늘은 네가 좀 쏴, 인간아.

🔱 내가 쏠 땐 참치회 당긴다더니

오늘은 노가리가 딱이라고 하는 거 봐라.

♆ 기가 막히게 미묘한 지점에 서성이는 사람들이 있다.

차라리 확실하게 선을 넘으면 확 베어버릴 텐데.
깔끔하게 선 밖에 있으면 신경도 안 쓸 텐데.

넘었나 싶어서 보면 선 밖에 있고
선 밖에 있나 싶어 방심하면
목덜미에 꺼림칙한 게 훅 스치는.

예민한 병자가 되느냐,
당하고도 모르는 호구가 되느냐.

참으로 불리한 게임판.

♉ 손절에 늦은 때는 없다.

가장 늦었다 싶을 때가 가장 이른 때다.

싹수 노란 인간의 가치에는

하한가가 없으니까.

Ψ 최근 많은 책들이

다른 사람에게 상처 주는 사람들을

성토하고 있는 건 아는데

이 말은 해야겠다.

그런데, 진짜 별거 아닌 걸로

말도 안 되게 예민한 애들도 많다.

그럼 매번 말을 하던가.

모아놨다가 이상한 타이밍에 터뜨리면

무뎌서 진짜 몰랐던 사람 기절한다고.

♆   사과받을 때 맘이 전혀 동하지 않는 문장이 있다.

"네가 기분 나빴다면 미안해."

이게 무슨 뜻이냐고.

그럴 의도가 없었지만 결과적으로 그랬다면 미안해.

기분 나쁘지 않았다면 딱히 미안하진 않아.

그럴 의도가 아니었으니까.

가만히 듣다 보면

묘하게 기분 나쁘다.

결국 기분 나빠한 내가 문제가 되는 시추에이션.

분명 사과를 받은 건 난데,

애초에 기분 나빠한 내가 작아지는 아이러니.

사과하는 와중에도 전제를 붙이는 네 태도가 짜증 난다 하면 너는 그렇게 말하겠지.

"짜증 나게 했다면 미안해."

♆ 일생을 쌈닭으로 살면서
절대 이길 수 없는 단 한 가지 부류를 찾았다.

자기 잘난 맛에 사는 사람.

져놓고 자기가 져줬다고 하니까
할 말이 없어.

Ψ   말끝마다 이거 붙이는 사람 있다.

아님 말고,

싫음 말고.

아님 말던가,

싫음 말던가.

되게 강박적으로 붙이는데

되게 절박해 보이는 거 모르나.

먹히지도 않을 센 척보단

차라리 약해 보이는 게 나을 텐데.

아님 말고. ^^

♆ 내가 화나면 표현이 좀 거친 건 맞는데
애초에 문제를 안 만들었으면
안 나올 모습이잖아.

내가 의심할 때 좀 집요한 건 맞는데
애초에 두루뭉술하지 않았으면
캐물을 것도 없었잖아.

왜 네가 원인 제공한 건 쏙 빼고
나만 성격 이상한 사람 되는 건데.

착한 척 두 눈만 그렁하면
애초에 네가 날 헐크로 만든 죄는 없어지냐고.

♆   귀찮아서

  속는 척해주는 건데

  저 안심하는 표정 좀 보라지.

♆ 이년들이

평소엔 언니 취급도 안 하면서

섹시한 남자 앞에서만

90도로 인사하고 난리야.

♆   칼을 대놓고 들고 있는 놈은,

그 칼을 내 등 뒤에서 찌르진 않을 거라는 점에서

차라리 맘이 놓인다.

날 위하는 척 쏟아내는 독설로
네가 잠시 시원해진다면,
기꺼이 당해드리겠다.

나의 잘남이
널 갑갑하게 만들었단 반증이니까.

날 걱정하는 척 쏟아내는 루머로
네가 잠시 재미있어진다면,
기꺼이 당해드리겠다.

나의 흠집조차
너보단 스페셜하단 반증이니까.

날 잘 아는 척 쏟아내는 잡소리로
네가 잠시 돋보일 수 있다면
기꺼이 당해드리겠다.

나와의 친분이

너의 몇 없는 장점 중 하나라는 반증이니까.

짖어라, 실컷.

사람들은 짖어대는 네가 아니라

널 짖게 만드는 나를 본다.

♀   은근슬쩍 밟아주는 게
네 특기인가 봐?

어쩌지.
보란 듯이 밟아주는 게
내 특기인데.

감당할 수 있으면
계속 까불어.

웃을 수 있을 때
웃어둬.

나 정색하면
바로 역전이야.

Ψ 스마트폰이 이렇게 발달해 있는데,
사람들은 검색 기능이 얼마나 편리한지 잊는다.

주로 이럴 때.

"아, 작가세요? 책 뭐 썼어요?"

내 입으로 내 책 제목들을 열거해 주는 게
꽤나 민망해서 그냥 책들이라고 얼버무린다.

몇몇은 너무 집요하다.
결국 제목을 말해주면

"에? 그런 책이 있어요?"

그 말을 해주고 싶어서 물었던 걸까.
그래, 내 책 안 유명하다. 어쩔래.

하지만 몇몇은 기어이 한 발짝 더 나아간다.

"몇 권 팔렸어요?"

"그럼 작가한텐 얼마 떨어져요?"

네 연봉은 얼마인지부터 말해.

가끔은
선을 훅 넘어오는 사람이 반갑기도 하다.

세상 까칠하게 굴어도
좀 편하게 지낼 친구가 되고플 때가 있으니까.

몇 년을 만나도
깍듯 깍듯 겉도는 관계들에 회의감이 들 때면
차라리 선을 확 넘어와
나도 같이 선을 넘어 막 대하는 사이가 그립다.

방금 내가 한 말이 지나쳤나 싶은데
희미하게 웃기만 하고

방금 내가 들은 말이 묘하게 이상한데
악의 없는 표정을 하고 있으면

몇 년을 알았든, 몇십 년을 알았든,
철저한 타인이다 싶은 거다.

그래서 술자리가 너무 절실하긴 한데,

그러다 만나는 최악은

술자리서 친해지고 맨정신에 다시 깍듯한 사람.

그냥 타인이 될 운명.

♆   인생의 상승기를 한 번 겪으면
그 생각을 떨쳐낼 수가 없다.

내 사람 만들려고 안달복달할 필요가 없었다.
내가 잘나가면 그냥 내 사람 되는 거였다.

인생의 하강기를 겪을 때
한 번 더 생각한다.

내 사람 잃을까 봐 안달복달할 필요가 없었다.
내가 못 나가면 그냥 딴 사람 되는 거였다.

아주 간혹,
예상치 못한 사람이 내 손을 잡아줄 때가 있다.

그 한 사람을 찾기 위해,
그 숱한 딴 사람들과 부대끼며 살아왔던 것이다.

성과라면 성과다.

♆ 어차피 각자도생의 세계.

내 사람, 딴 사람 나누는 것도 우습다.

신기루 같은 인간관계에 지칠 때쯤

그 생각이 든다.

내 거 없나?

그래서 갑자기 반려동물을 입양하고

결혼해서 애를 낳고

내 식구를 만들려 하는 거 같다.

그게 진짜 '내 것'일지는 복불복.

♇ 평상심을 갖고 싶다.

그게 안 되면 그러는 척이라도 하고 싶다.

늘 롤러코스터 타는 내 감정과 관계없이

내 얼굴은 내 몸짓은 내 말투는

잔잔하고 깊고 일관적이면 좋겠다.

그게 참 안 된다.

꾹꾹 눌러서 조용한 호수를 만들어놓으면

갑자기 엉뚱한 데서 쓰나미가 몰아닥친다.

꼭 그렇게까지 할 생각은 없었는데

잔인하고 비열하고 폭력적인 내가 툭 튀어나온다.

그래서 안 되는 줄 알았다.

늘 밝고 친절하고 온화한 사람.

그런데 되더라.

나보다 성공한 사람 앞에서는.

내가 뽑아먹을 게 많은 사람 앞에서는.

Ψ   나는 강한 사람 앞에서 강하게 감정 조절을 하고

약한 사람 앞에서 약하게 감정 조절을 한다.

♀ 몇 년 전에 심하게 체해서 병원에 갔었다.

나이 지긋한 의사 선생님이

굳이 내 상체를 묘하게 주무르며 이것저것 묻는다.

"하는 일은 뭐고?"

나는 평소 또 안 보게 될 사람에게는

직업을 밝히지 않는다.

그런데 그때는 왠지 밝혀야 할 것 같았다.

"기자인데요."

내 가슴 아래께를 지나던

의사의 손이 광속으로 사라졌다.

♆ 얼마 전에 허리가 아파서 또 다른 병원에 갔었다.

발랄하신 의사 선생님이

굳이 골반 라인과 뱃살을 한참 만지작거리다

손가락 끝을 허벅지 안쪽까지 진출시킨다.

"언제 끝나요? 기사 써야 되는데."

나는 백수라고 말했던 자기소개를 철회한다.

이후로 선생님의 손가락은 정확히 내 뼈만 만졌다.

♀ 택시를 탔는데 길을 잘 몰라
내비게이션을 켜달라고 한 적 있다.
걸걸한 목소리의 기사님은
내비게이션이 오늘따라 안 된다고
그냥 길을 말하라고 윽박지른다.

지도 앱을 켜서 나름 설명을 하는데 못 알아듣겠다고
그냥 그 근처 유명한 건물에 세워주겠다고 한다.

마침 업무상 전화가 왔다.
범죄 관련 기사를 상의하는 건이라,
통화 내용이 살벌했다.

택시 기사님은 어느새 내비게이션을 켜고
정확한 장소에 나를 내려줬다.

♆ 내가 사람들 등급을 나눈다고 찔려 할 거 없다.

남이 날 등급 따라 대우한다고 욱할 거 없다.

우린 다 그렇게 생겨먹었다.

못났다.

♀ 내 나름 정의로웠던 적이 있지 않았나 생각해본다.
공명정대하게, 원칙대로, 떳떳하게,
완벽한 선의로, 불의를 못 참아서, 내 손해를 감수하고,
하늘을 우러러 단 1%의 부끄러움도 포함되지 않은
순간이 있지 않았나 생각해본다.

없다.

내 머리 속 계산기는 절대 쉬는 법이 없다.
오작동을 잘할 뿐.

만약 비슷한 순간이 있었다면
계산을 잘못한 거다.

Ψ 요렇게 하면 뒤늦게 내 선행이 알려져서
내 평판이 좋아질 줄 알았는데

이렇게 편들어주면 내 호구가 되어서
내 부탁 좀 들어줄 줄 알았는데

저렇게 주장을 하면 내 의견이 관철되어서
내가 좀 편해질 줄 알았는데

나만 옳은 일을 하고
내 선의로, 내 정의로, 내 희생으로 남은 일들.
계산을 잘못한 거다, 젠장.

나 착한 사람 아니에요.

대놓고 수구꼴통인 것보다

지가 진보주의자인 줄 아는
수구꼴통이 더 싫다.

대놓고 성차별주의자인 것보다

지가 페미니스트인 줄 아는
성차별주의자가 더 싫다.

세상일 혼자 다 아는 척하지 말고
자기 자신부터 좀 알면 안 되겠니.

♀ 다들 잘 지내지?

사
람
이
싫
다

전 정부의 인권 유린에 대해 침 튀기며 비판하다가 요즘 누구 '따먹었는지' 열변 토하던 운동권 오빠들 잘 지내지?

내 몸을 투뿔 등심으로 분류하며 일반육과 비교해 '칭찬'을 아끼지 않았던 진보주의 오빠 잘 지내지?

술만 들어가면 꼭 옆자리 앉아서 별 웃기지도 않은 농담 나올 때마다 굳이 내 허벅지에 하이파이브 하던 페미니스트 오빠도 잘 지내지?

ψ 매사 부정적인 사람은 정말 질색이라고,

부정적인 생각을 해본다.

회사가 싫다

대통령, 과학자, 톱스타.
내 장래 희망에도 이런 게
적힐 때가 있었는데.

진짜 이룰 거라 생각할 만큼
덜떨어진 애는 아니었지만,

이따위 회사에서
쥐꼬리만 한 월급 한번 받아보겠다고
굽실거리고 있을 줄은 몰랐다.

🐂 생애 처음 월급명세서를 받아든 순간을 기억한다.

영혼을 갈아 넣고 온몸 부서져라 일했는데
회사는 겨우 쥐꼬리 부스러기를 줬다.

내 연봉 나도 알고 있었지만
실제 내 통장에 찍힌 귀여운 숫자를 보는 건
다른 느낌이었다.

날 둘러싼 경제 관념이 송두리째 뽑히는 기분.

이 고귀한 내가 한 달 개고생한 대가가
명품백 하나만도 못하다는 거,

이거 빼고 저거 빼면 내 앞에 남는 돈이
엄마가 주던 용돈보다 못하다는 거,

박차고 나가봐야
이보다 더 잘 벌 자신도 없다는 거.

회사가 짠 건데

내가 짜지는 기분.

♡ 이제부턴 혐오의 대결이다.

나를 이따위로 대우하는,
부려 먹긴 잘하면서 딱히 발전할 가망은 없는
빌어먹을 회사를 혐오하느냐.

겨우 이따위도 감지덕지한,
불평은 잘하면서 박차고 나갈 용기는 없는
못나빠진 나를 혐오하느냐.

♥　회사가 잘되기만 하면

내게도 돌아올 게 많을 거라 했다.

나도 우리 회사가 잘되면 좋겠다.

그런데 아무래도 모르겠는 거다.

그래서, 나한테 뭐가 떨어지는데?

왜 미리 약속을 안 하는데?

정확히 딱 어느 정도면 회사가 잘되는 건데?

왜 지금 정도 잘나가는 걸론 부족한 건데?

언젠가, 어느 정도, 그때만 되면,

그런 말 말고 지금 당장, 칼퇴근 정도 원한다고.

하루에 몇 시간을 붙어 있는데,

부모, 애인, 형제자매보다 더 많은 시간을 보내는데,

이 까칠한 조직 안에 또래가 몇이라고,

똑같은 시험 보고 들어와 비슷한 고난 겪고 있는데,

왜 너는 친구가 아닌 건데.

친구인 듯 친구가 하는 일 다 해놓고

결정적일 땐 스파이, 루머의 근원, 라이벌.

미안해,

이런 관계 나는 처음이라

촌스럽게 질척댔다, 내가.

🐮 에이씨,
방금 그 말은 하지 말걸.
혼자 삼키고 넘길걸.

"아, 그렇구나." 위로보다 앞서
네 얼굴에 스친
'앗싸, 소문내야지.' 희열을

나는 보고 말았네.

❥   사람이라는 게 일관성이 좀 있으면 좋겠다.

어제는 분명히 이 정도로 좋다 해놓고

오늘 갑자기 이 정도밖에 못하냐 면박을 주면

어제오늘 달라진 건

네 기분 달랑 하나뿐인데

도대체 뭘 고쳐야 할지 막막한 마음에

모니터만 노려보고 있다 보면

서러운 마음만 왈칵.

일하면서 먹은 밥값 내가 청구하겠다는데
왜 이렇게 눈치가 보이는지 모르겠다.

일하느라 탔던 택시비 내가 청구하겠다는데
왜 이렇게 눈치가 보이는지 모르겠다.

내 일 다하고 내 퇴근 시간 맞춰 내가 가겠다는데
왜 이렇게 눈치가 보이는지 모르겠다.

내 말이 다 맞고 네 말이 틀려서 정정 좀 하겠다는데
왜 이렇게 눈치가 보이는지 모르겠다.

내가 못나빠져서인지 회사가 못돼빠진 건지
왜 이렇게 헷갈리는지 모르겠다.

정상인이
없다.

미침의 종류도
다양하다.

이걸 받아들이면
편한데.

자꾸만 이 사람은 아니겠지
희망을 품게 되고
결국 반전을 받아든다.

정상인 듯 보여도
아니다.

비슷한 놈인가 싶어도
다르다.

그래서 우리에겐

늘 대비하는 마음이

필요하다.

더 새롭고 강도 높게

미친 사람.

저들에게도 신입 시절이 있었을까.

상사의 잘못된 지시에 고개도 갸웃해보고
회사의 잘못된 방향에 속으론 노여워하고

퇴근하고 만날 친구 생각에 들떠도 보고
어떡하면 더 좋은 사람 될까 고민도 해보는

그런 시절이
저들에게도 있었을까.

그런 그들을 저렇게 만든 건
결국 시스템인가.

그럼 그 시스템 안에 욱여넣고 있는
나 자신도 고작 몇 년 후 저렇게 될 것인가.

신입들이 나를 보고
나 같은 생각을 하게 될까.

하아,

퇴근이나 했음 좋겠다.

일을 하고 돈도 벌면서
성장을 하고 내 자아도 실현하는

그런 직업.

워라밸 지켜주면서 승진도 시키고
연봉 인상하고 복지도 증진시키는

그런 회사.

진짜 있을 줄 알았지 뭐야.
대충 살 걸 그랬어.

♥ 남자가 많은 회사에서 일했다.

→ 남자는 문제다.

여자가 많은 회사에서 일했다.

→ 여자도 문제다.

결론 : 인간이 문제다.

여혐?

남혐?

나 그렇게 편협한 사람 아니야.

인혐이야.

❦　세계 최고 미스터리는 그거다.

우리 회사 저 찌질이들이 좋다고
연애를 하고 결혼을 하는 사람들은 대체 누구인가.

퇴근하면 새사람이 돼서 모르는 건가.
회사에서 얼마나 개진상인지 말이야.

누군가를 그만 사랑하고 싶으면,
끝내주는 방법이 하나 있다.

같은 팀에서 일을 해보는 거다.
어떻게 저 사람을 사랑할 수 있지?
너무나 신기한 것이다.

네가 유리할 땐 우리 업무.

네가 불리할 땐 내 업무.

네가 유리할 땐 네 회사.

네가 불리할 땐 우리 회사.

이것이 회사 공동체.

♥ 우리 팀원들 어디 가서

나 몰래 강의라도 듣고 오는 거야?

나 빡치게 하는 기술 같은 거.

하물며 나날이 발전해.

제가 쟬 왜 도와야 하죠?

못하는 인간은 자연스레 도태되는 거지,

제가 왜 재를 도와야 하는 거죠?

언제는

우리 중에 몇 명만 뽑는다고

경쟁시키고 줄 세우고

못 죽이면 죽는다고 협박해놓고

기껏 살아남아 겨우 한자리 차지했더니

동료애가 대체 뭔데요?

대체 어느 대목에서

배웠어야 했는데요?

♥ 내 SNS 스토리 제일 먼저 확인하는 게

늘 너인 건

우연의 일치죠?

내 프로필 사진 캡처한 게

네 폰 갤러리에서 언뜻 나타난 건

헛걸 본 거죠?

회식 자리 화장실만 다녀오면

옆자리에 네가 앉아있는 거

내가 예민한 거죠?

내가 친절한 건 오로지

네가 그것이기 때문인 거 아시죠?

이 상사 새끼야.

🐛 선배님.

아니, 그렇게 상사 싫어하시면 본인도 아실 때가 됐잖아요.

우리도 선배님 싫어요.

♥ 아니, 지금껏 혼자 신나게 떠드셔놓고
왜 나더러 말이 없냐고 톡 쏘아붙이시면
네 얘기 듣는 시늉하느라 피곤해서라고
말해도 되는 겁니까.

🌰 스카우트 제의는 늘 있었고요.

딴 회사도 힘든 거 저도 알죠.

저 많이 신경 써주셨다고 말씀하시니 새삼 고맙긴 해요.

집에 일이 있는 건 아니고

몸은 너무 건강해서 탈이고

이 나이에 공부는 무슨.

아, 그냥 사표 처리해주심 안 돼요?

더는 네 꼴을 못 견디겠다고

꼭 말씀드릴 필욘 없잖아요.

♥   몸이 아파서 회사를 그만둘 수 있다.

다른 걸 해보고 싶어서 회사를 그만둘 수 있다.

더 좋은 스카우트 제의를 받아서 회사를 그만둘 수 있다.

하지만 가장 깔끔하게 퇴사를 결정하는 순간은,

이 빌어먹을 회사에 닮고 싶은 선배가

단 하나도 없음을 깨달았을 때다.

이 악물고 버텨서 고작 저 인간이 될 바에.

차라리 백수의 길을 걷겠다.

내 인생 제대로 개척해 보자며 비장했던
수능 날 아침이 새삼 떠오른다,
쓰린 속 부여잡고 화장도 마무리 못 하고
헐레벌떡 사무실에 들어설 땐.

졸린 눈 비벼가며 학점 조금 올려보겠다
밤새 지새웠던 도서관도 떠오른다,
다른 놈이 싸지른 똥 치우느라
저녁도 못 먹고 야근하는 밤에는.

잔 다르크 뺨치는 카리스마로
조별 과제를 해치우던 멋진 나도 떠오른다,
3분마다 결론이 바뀌는 이상한 지시에도
시종일관 고개를 주억거리는 회의실에서는.

열심히 살았는데,
그래서 결과가 이 모양인 걸 어떻게 받아들여야 할까.

어떤 회사에서 일하느냐가

내 인생 모든 노력의 결실이냐 꾸짖으면 할 말 없다만

그거 말고 결실일 건 또 뭐 있는데.

이 각박한 대한민국에서.

♥ 사회생활이란,

어금니를 악무는 동시에

활짝 웃는 법을 터득하는 과정.

♥ 어떤 관계자분은 사람 뽑을 때
이력서에 공모전 수상 내역이 너무 촘촘히 있으면
손이 좀 안 간다고 했다.

사람 냄새 안 날 거 같아서.

공모전에 더 매달렸으나
수상 내역마저 없는 사람보단 낫지 않을까 싶은데
개인 취향이니까.

나는 봉사활동이 좀 이상하다.

봉사를 한 건 좋은데
그걸 자소서에 그럴듯하게 써넣는 순간
봉사가 봉사가 아닌 게 되지 않나.
그냥 구직 활동 아닌가.

제발 좀 삐딱하게 굴지 말라고
한소리 들었다.

(그런데 진짜 좀 그렇지 않나.)

😈 고생하는 취준생들을 폄하할 생각은 없지만
어른들이 모두 꼰대가 아니듯
취준생들이 모두 열심히 하는 건 아니었다.

내가 임원이 되어 면접을 몇 번 진행하고 내린 결론은,
취업이 모두에게 반드시 절박한 건 아니라는 것이다.

우선 이력서를 고칠 수고조차 안 하는 애들이 태반.
자기소개 실컷 해놓고
SM엔터테인먼트에서 꼭 일해보고 싶다고 마무리하거나
글을 얼마나 잘 쓰는지 자랑해놓고
그래서 홍보대행사에 적격이라고 주장하는 거다.
여보세요, 여기는 연예 매체거든요.

서류 심사 이후에도 난관은 펼쳐진다.

면접 보러 오면서
우리 홈페이지 한번 안 들어가 봤어요?
첫 출근일 이틀 후 여행이 잡혀있으니

3일 휴가부터 쓰겠다고요?

어디까지 이해를 하고 어디까지 트집을 잡아야 할지
감이 오지 않았다.

주위 많은 회사들이 비슷한 고충을 토로하며
구인난에 시달리는 걸 보니,
일할 회사가 모자란 거 같진 않다.

좋은 회사가 모자라는 거라 하면 할 말은 없다만.

♥   돈 받은 만큼만 일하겠다.

뭐 이런 뉘앙스를 풍기는 후배들이 꽤 있다.

나도 한때는 그랬다.

나의 고급진 노동력을 싼값에 후려치는 회사가 날강도 같아

보였으니까.

그런데

선배가 되고 보니 그런 후배들, 참 귀엽다.

그래 돈 받은 만큼만이라도 좀 해.

너희 월급 값 다하려면 당분간 휴일 없을걸.

🐃 네 노동력 비싼 거 알겠는데,

더 비싼 내 노동력

너 가르치느라 허비 중인 건 안 보이는 거니.

우리 상사 무능한 거 알겠어.
우리 회사 엉망인 거 알겠어.

입만 열면 그 소리,
어떤 맘인지 충분히 알겠는데

사표 낼 용기 없으면
적당히 닥쳐, 좀.

대안도 없는 얘기
안 지겹니, 너는.

공적인 자리에서
단 한마디라도 잘하는 인간이면, 네가.
그땐 좀 성의 있게 들어줄게.

후배님.

월급 몇 번 더 받은 거 무시하지 마세요.

내가 일은 ×× 못해도

네 카톡 상태 메시지가 날 비꼬고 있다는 건

1초면 알아요.

🐮 웃겨, 네 일이 따로 있는 줄 알아?

내가 시키는 게 네 일이야.
내가 미룬 것도 네 일이고.

꼬우면 승진해.

내가 얼마나 힘들게 여기까지 왔는데,
이 정도 낙도 없으면 어쩌라고.

왜 내가 누릴 때가 되니
세상을 바꾸잔 거야.

나까지만 좀 누리자, 응?
너도 곧 누리게 해줄게.

세상은 바뀌어야 하는 게 맞고
네 말도 딱히 틀리진 않았는데

내 인생은 대체 언제 편해지는 건데?

네가 90년대생이라서, 뭐 어쩌라고.
90년대생이 오는데, 뭐 어쩌라고.

내가 왜 널 공부해야 해?
왜 우리만 네 방식에 따라야 하는데.

나는 80년대생이고
80년대생도 오라면 올 테니

너도 공부해.

꼰대라서가 아니라,
얄밉잖아, 네 마인드가.

같이 월급 받는 처지에, 쳇.

싫어하는 상사 앞에서 헤벌쭉 웃어야 하는 게
가장 고된 일인 줄 알았다.

솟구쳐 올라오는 욕지거리를 삼켜내며
"네, 알겠습니다." 하는 게
가장 더러운 일인 줄 알았다.

아니었다.

날 싫어하는 게 뻔한 후배 앞에서
짐짓 좋은 사람인 척하는 거
정말 고된 일이었다.

내 욕하고 다니는 거 다 들었는데
모른 척 웃어주는 거
정말 더러운 일이었다.

경력이 쌓이면,
고되고 더러운 일도 업그레이드되는 거였다.

♥   후배야,

나 제치면 승승장구할 거 같지?

나만 빠지면 다 네 몫 될 거 같지?

꼭 가져봐.

내 바로 위에 빌런 새끼.

내가 뭘 막아줬는지

은혜도 모르고.

혼나기만 할 땐 몰랐다.

혼내는 사람 영혼도 갈리고 있다는 것을.

♥   일을 못해서 지적하는 건데
왜 자꾸 인신공격이래.

나는 네가 어떤 사람인지 전혀 관심 없고
오로지 일 못한다, 그거 하나 알겠는데.

네가 싫은 게 아니라
네가 해놓은 일이 싫은 거야.

왜 너만 문제 삼느냐 성토하기 전에
왜 너만 문제 일으키나 생각 좀 해보지.

모든 걸 사적으로 받아들여
내 본체를 공격하는 너야말로 인신공격인데

내가 요만한 월급 받아 무슨 덕을 쌓겠다고
네 인격 우쭈쭈 해주며 일까지 바로잡아야 하다니.

여기가 학교야 뭐야.

여기 회사라고.

말로는 신경 쓰지 말라면서

표정이 그따위면

신경을 쓰라는 건지, 말라는 건지.

#후배눈치

대놓고 면전에서 못 한 말,
뒤돌아 남 통해 내 귀에 들어오면
훨씬 더 치명적인 거
대체 왜 몰라.

네가 믿은 그 귀가
실은 내게 더 잘 보이고 싶어 한다는 거
대체 왜 몰라.

이 사회생활 하수야.

♥ 회사 생활의 가장 큰 문제는
회사에서 생활씩이나 해야 한다는 점이다.

일만 해도 힘든데
업무 관련 커뮤니케이션만으로도 벅찬데
생활까지 해야 하는 거다.

나는 아직 이 공간 안에서
자연스럽게 숨을 쉬고 밥을 소화시킬
방법을 못 찾았는데.

회사로 인해 받는 스트레스와

그 스트레스로 인해

내게 발생하는 손실을 계산해 보면

내 월급은 너무나 턱도 없어 보인다.

그런데 관점을 바꿔,

내가 우리 회사 매출에 기여하는 정도와

그 정도가 다른 사람에게

대체되기 어려울 만큼 값진 것인지 따져 보면

내 월급도 황송해 보인다.

그래서 나는

이러지도 저러지도 못하고

그저 월급날만 기다리고

월급 적다고 한탄하고

또 월급날만 기다린다.

이 빌어먹을 회사, 내가 다니기엔 아깝다고 생각했다.

그런데 결정적인 순간,

내 이름보다 위력이 센 건 결국

우리 회사 이름이더라고.

내가 얼마나 얄팍한 인간이냐면
내 명함의 번듯함에 따라
자존감이 오르내린다는 거다.

웃기다.

회사가 잘나가는 게 내가 잘나간다는 의미는 아닌데.
회사가 구린 게 내가 구리다는 의미는 아닌데.

명함에 의존하는 내 자존감은
쉽게 만족할 줄을 모르고.

어쩌면 그래서 내 회사는
나의 미움을 필요 이상으로 받았는지 모른다.

회사한테 내 자존감까지 책임져달라니
내가 못난 거였는데.

❥   내가 얄팍하니

날 돋보이게 해주지 못하는 회사가 밉고

회사가 미우니

회사 때려치우고는 먹고살 만하지 못한 집안 사정도 밉고

집안 사정이 미우니

알지도 못하면서 회사서 잘 버티라고 하는 가족도 밉고

가족이 미우니

내 한탄 관심도 없고 제 할 말만 하는 친구도 밉고

그렇게 다 미워진다.

❤ 회사는 그저

일을 시키고 돈을 버는 조직일 뿐이다.

남으면 돈 벌고

떠나면 그만이다.

미워할 것도 사랑할 것도 없다.

소작농은 땅을 사랑하지 않는다.

마님이 나눠줄 곡식을 사랑할 뿐이다.

소작농은 땅을 미워하지 않는다.

마님이 나눠줄 곡식을 바랄 뿐이다.

🐮 가끔 그런 사람을 본다.

회사와 애착 관계를 형성하는 사람.

내 영역, 내 성과. 아이고, 내 새끼.

누군가 침범하면 불같이 질투하며

내 손으로 키우겠답시고

온몸 불사르며 일하는 사람.

애정결핍일까.

인정 욕구 과다일까.

잘 활용하면 회사를 키우지만

자칫 다른 사람 다 떠나게 만드는 사람.

그들은 언젠가 깨닫는 거 같다.

짝사랑이었구나.

남의 땅에 헌신했구나.

워커홀릭이라면

마흔 전 한 번은 오게 되는

깊은 탄식의 순간.

❦　나는 내가

많이 먹어서 살이 찐 줄 알았다.

늙어서 피부가 칙칙해진 줄 알았다.

커피를 많이 마셔서 잠이 안 오는 줄 알았다.

의지가 약해서 매번 만취하는 줄 알았다.

아니었다.

사표 하나 냈을 뿐인데,

네 얼굴 잠시 안 봤을 뿐인데.

세상에

허리 라인이 달라졌어.

피부가 백옥이 됐어.

침대에 눕자마자 잠이 와.

만취해도 실수는 안 해.

회사에 찌든 나는

절대로 실제 내가 아니라는 거,

명심 또 명심.

취한 거 알겠는데
그렇다고 손이 내 허리께로 넘어오면

화난 거 알겠는데
그렇다고 폭언이 매번 수위를 훌쩍 넘으면

외로운 거 알겠는데
그렇다고 선 넘은 접대에 환장을 해대면

내가 나서자니 귀찮은데
저러고도 멀쩡한 거 보긴 싫고.

한 가지 희소식은,
사람은 절대 안 변한다는 거.
내버려 두면 반드시 발전한다는 거.

결국 사고는 터진다.
나 아닌 다른 데서라도.

그래서 선택의 기준은,
당장의 무엇보다 그것이어야 한다.

나중에 기어이 사건이 터졌을 때,
내가 느낄 감정은 무엇인가.

팔짱 끼고 저럴 줄 알았지,
하고 코웃음 쳐주는 희열이 될지

내가 모른 척해서 피해자가 많아졌구나,
하는 죄책감이 될지.

오늘 내가 한 일이 내 일당을 채웠다는 사실 말고
어떠한 보람이 있는지 모르겠다.

내가 발전하긴커녕 소모됐고
회사가 이 덕분에 잘될 거 같지도 않고
사회는 내가 이런 일을 했다는 것조차 모를 거 같은데.

아무도 몰라주고
아무도 감사해주지 않는 일.

그저 내 월급 채우겠다고
꾸역꾸역 나를 깎아내고 잘라내고 이러고 있는데
내가 20년, 30년,
이 자리서 잘 먹고 잘 살 거 같지도 않고.

다 깎이고 다 잘리고 나면
나는 이 회사에서 버틸 수 있을까.
아니, 버티고 싶기나 할까.

그렇게 다 타버린 채

밖으로 나가면 누가 날 환영은 할까.

이렇게 다 소모되고 나면

내게 남는 경쟁력은 대체 무엇일까.

퇴근하고 누리는 값비싼 디저트 한 조각에

어렵사리 누르고 누르는 불편한 진실.

지기는 싫고
절박해 보이면 안 되고

자신은 없고
불안해 보이면 안 되고

꼴 보긴 싫고
냅다 밉보이면 안 되고

회사는,
생활 연기의 장이다.

잘난 놈 만나야 한다.

잘난 놈이 빡치게 하면

아 잘난 놈 만나서 그렇구나, 위안이나 삼지,

못난 놈이 빡치게 하면

나까지 싫어지는 거다.

잘난 회사 다녀야 한다.

잘난 회사가 힘들게 하면

아 잘난 회사라 힘들구나, 위안이나 삼지.

못난 회사가 힘들게 하면

나까지 후져지는 거다.

트렌디하고 힙한 직업을 택할 땐 몰랐다.

고작 10년 후
친구들은 삶이 무료하다, 지루하다,
그런 복에 겨운 소리 할 때

나는 내 바닥에서 밀려 떨어질까
자다가도 벌떡 일어날 줄은.

젊게 살아서 좋겠단 소리 듣는 직장은
안 젊으면 바로 곪어 죽는 무서운 바닥인 줄 모르고.

친구들보다 10년은 젊게 산다고 기뻐했던 나는
친구들보다 10년은 먼저 인생의 쓴맛을 보는 중.

우리 몇 년 남았을까.

너 마흔 초반, 나는 서른 후반.

우리 나이 앞에 '5' 자를 달고도 이렇게 살 수 있을까.

형들 저 나이에 고생하는 거 너무 짠해.

응원은 하지만 나는 저렇게 못 살아.

그래서 우린 그럼 뭐 하지?

시골 해수욕장 가서 아이스크림을 팔까.

요즘 뜨는 관광지 가서 파스타 팔아볼까.

그래도 너랑 나, 몇 명이서 모이면

외롭진 않을 거 같은데.

서울에서 멀어지면

이 꼴 저 꼴 안 보고 행복할 것도 같은데.

그래서 우린 그럼 뭐 하지?

뭐하긴,

밤마다 술 퍼먹어서

서울에 큰 병원 실려 오겠지.

❤ 내가 체인점 120개짜리 맛집 아들이라 해도
지방에 수천 평인가 수만 평인가 땅 많은 집 딸이라 해도
일은 해야겠지.

재미도 있을 거야.
일이 날 배신해도 슬쩍 웃을 수 있을 거야.

촌스러운 거 아는데,
내가 이렇게 파르르 하는 건
일이 전부라서,
이따위, 일이 내가 가진 전부라서.
그 전부가 이 모양이니 도통 웃을 여유가 없어서.

누구보다 애타게 붙잡고 있는데도
사소한 일에 파르르 무너지는 아이러니.

네가 싫다

네가 좋아서 싫고,
네가 미워서 싫고,
네가 있어서 싫고,
네가 없어서 싫다.

5 눈치 없는 척,

연애 못하는 척,

'아무것도 몰라요.' 하지만

다 알고 있다.

나와 마주친 눈에 아주 잠깐 스친 수줍음을

날 볼 기회를 놓치지 않고 잡으려는 절박함을

내 카톡이 도착하자마자 답을 하고 마는 들뜸을

모르는 게 아니라

모름으로써 누리는 재미를 즐기는 거지.

나 눈치 참 없어.

그러니 더 크게 움직여 봐.

재밌게.

§   직전 연애가 언제였는지 묻는 심리는 뭘까.

한 달, 인데 새 연애 시작하면 그것도 ××이고
여섯 달, 이면 전 애인 못 잊어 돌아갈 수 있고
일 년, 이면 나 외에도 썸이 몇 개 더 동시 진행일 거고
이 년, 이면 내가 모르는 하자가 있나 싶고

뭘 답해도 손해.
시간을 벌려고 늘 하는 답은
"연애의 기준이 뭐죠?"

근데 진짜 모르겠다.
내가 한 연애 중 진짜 연애는 몇 개나 될까.

5　너 싫다니까 무슨 밥을 먹어.

우린 안 맞는다니까 무슨 친구를 해.

내 일에 도움도 안 되면서 무슨 인맥을 해.

라떼 기프티콘 넘쳐나, 너까지 안 보내도 돼.

인스타 좋아요 넘쳐나, 너까지 안 눌러도 돼.

뭘 빨리 갈아타서 서운해.

난 널 탄 적이 없는데.

네가 무슨 내 전 남친이야.

베타 테스트 좀 하다 탈락한 거지.

제발,

나 좀 잊어줄래?

찌질도 과하면 소름이야.

소개팅을 하다 보면
난데없이 내 인생과 직업에 대해
강의를 듣는 일이 생긴다.

어떤 분은
내가 쓴 소설을 두고
작가의 의도를 한참 설명해주셨다.
아니 그거 내가 쓴 소설이라고요.

어떤 분은
국내 3대 가요기획사의 경영 방침에 대해
세세히 알려주셨다.
아니 제가 가요 담당 기자 10년 차라고요.

어떤 분은
내가 왜 연애를 못 하는지에 대해
뼈 때리는 충고를 해주셨다.
아니 난 너랑 연애를 하기 싫은 거예요.

그럼에도 웃었어야 했을까.

소개팅 애프터 한번 못 받아본 건 그 때문이었을까.

§　내가 이걸 좋아한다고 알려준 건,

날 알아달라는 거지,

내 취향을 평가해달라는 게 아닙니다만.

5   나한테 차이고 홧김에 결혼한 건 알겠는데,

네
가
싫
다

그렇다고 네 불행한 결혼 생활을
나한테서 보상받으려 하면 어떡하니.

굳이 안부 인사를 왜 해.
내 소식 뭐가 그리 궁금해.

잘 지내도 볼일 없는 사이.
못 지내도 도움 안 될 사이.

내가 왜 너랑 놀아줘야 해?
나한테 뭐가 남는다고.

나는 네 추억 놀이에 동참할 의사가 없어.
지루한 네 인생에 비타민이 돼 줄 생각도 없고.

비 오는 날 떠올릴 아련한 전 여친 노릇도,
그토록 절절하다면 굳이 말리진 않겠다만

163

나는 흥미 없다.

픕.

내 눈앞에 청첩장 들이밀 때

넌 네가 이긴 줄 알았겠지.

5   전 남친님,

    애틋한 척은 하지 말지.

    다시 꼭 술 한잔하자던 그 식당,

    옆 건물이 호텔인 거

    내가 까먹었을 줄 알고.

    #도보2분

내가 술 먹고 '자니?' 한 건 미안한데
그렇다고 뭘 그렇게 매몰찰 거 있니.

그렇게 정 떼려고 안 해도 돼.
널 못 잊은 걸까 봐 걱정 안 해도 돼.

아 거참, 수십 명한테 보낸 걸
캡처해 보여줄 수도 없고.

S   남친 땜에 인생 바꾸지 마.

어차피 10년 후

각자 자기 아기 프사에 내걸고

건조한 안부나 주고받을 사이.

난 그때 뭘 그리 심각했나 몰라.

10년 후 페이스북서 검색도 안 될 놈들.

(검색해봤다는 건 아니고….)

ᔥ   나쁜 남자의 좋은 점 :

내가 나쁜 짓을 해서
상대가 따질 때

'그러는 너는'
으로 시작하는 문장을
무한대로 써먹을 수 있다.

5 　착한 남자의 나쁜 점 :

다른 여자한테도

착하다.

난 고작

주말 시간을 너한테 쓸 가치가 있나 따져 보는 중인데

넌 벌써

어렸을 적 아빠가 실직한 얘기를 하고 있으면

그건 속도위반이지.

착하게 후퇴할 방법이 없잖아.

5   비밀 연애에
      사정이랄 게 뭐 있겠니.

      내 남친으로 공표할 만큼
      좋아하진 않는다는 의미.

      내 남친 리스트에 올리기엔
      좀 아쉬움이 있다는 의미.

      괜찮은 남자가 보이면
      보드랍게 갈아타겠다는 의미.

      훗날 사랑하는 남자가
      널 알진 못했으면 좋겠다는 의미.

§   갑의 연애1 :

날 강렬히 원해도 가질 수 없는
네 절망감이 좋아.

서운한 게 산더미로 쌓여도 아닌 척하는
네 인내심이 좋아.

어젯밤 뭐 했는지 알고 싶어 빙빙 돌려 묻는
네 불안함이 좋아.

"왜 이래, 내 맘 몰라?"
한마디에 스르르 풀리다, 굳었다, 이내 풀어지는.

안 풀어져 봐야
혼자 나락으로 떨어질 위태로운 네 사랑이 참 좋아.

5 내가 진짜 사랑에 빠졌음을 깨닫는 건

아이러니하게도

불같이 화가 날 때다.

그동안 내 연애가 평온하기만 했던 건

그들이 뭘 하든

별 관심이 없었기 때문이었다.

이번 내 연애가 힘들어 미치는 건

네 사소한 몸짓에도

내 기분이 롤러코스터를 타기 때문이다.

너무 힘들어서

이게 사랑이구나, 깨닫는 아이러니.

5   네가 바르는 로션에
여드름 유발하는 비계를 섞고

네가 마시는 커피에
뱃살 늘어나는 호르몬 넣고

옷장에 그 멋진 옷 홀랑 다 태워서
여자들이 쳐다도 안 보게 만들고 싶다.

지금의 예쁨은 내가 충분히 기억해.
평생 널 사랑할 수 있을 만큼.

더 예뻐지면
나 힘들어.

5 날 웃기려는 농담이랍시고 불쾌하게 하고

날 도우려는 조언이랍시고 선 넘어버리고

날 알고 싶단 이유랍시고 오지랖 부려대는

사람이 수두룩하단 점에서 더더욱.

난 웃기려던 건데 이해도 못 하고

난 도우려던 건데 열등감 발동하고

난 알고 싶던 건데 잔소리라 하던

사람이 수두룩하단 점에서 더더욱.

서로 같은 일에 빵 터지고

서로 같은 일에 불편해하고

이 얘긴 피해야 하나 싶은 거 없이

이제 뭐 얘기해야 하나 고민할 거 없이

오늘 있었던 일 1분 1초까지 다 떠들고 싶게 만드는

너란 사람.

정말 소중해.

몰랐는데 난 그런 타입의 여자였어.

남자에 한번 빠지면
그 남자를 골방에 가둬놓고 나만 보려 하는 여자.
미저리가 내 얘기였어.

남자가 잠깐 소홀하면
밥도 소화 안 돼, 잠도 안 와, 일상 마비되는 여자.
분리 불안이 내 얘기였어.

진짜 사랑은 내가 좋은 방향으로 변하게 해준다던데,
나는 왜 점점 이상한 여자가 되는 걸까.

좋은 사람에게

마음이 동하지 않는 걸

내 탓이라 할 수 있을까.

나쁜 사람에게

마음이 동하는 것도

내 탓이라 할 수 있을까.

선택은 내 탓이지.

너무 내 탓인 거 아는데

마음에 반하는 선택은 과연 옳은 걸까.

마음 가는 대로 살라며?

§ 연애가 벽에 부딪힐 때
내 친구가 나 같은 상황이라며 조언을 구해오면
뭐라 해줄까 생각해본다.

대답은 한결같이
"끝내, 미친 ×아."

비극은 여기서부터.
그래, 나도 아는데 왜 도무지 안 되는 걸까.

그래서 내리는 희한한 결론.
젠장. 진짜 사랑인가 봐.

내 멘트에 빵 터지는 너,

너무 해맑아서

그런 멘트를 던진 내 유머 감각이 너무 좋다.

오늘따라 비주얼에 힘 좀 준 너,

너무 멋있어서

널 거울 앞에 오래 세워둔 내 매력이 너무 좋다.

삐죽거리다가도 결국 웃고 마는 너,

너무 귀여워서

나답지 않게 애교도 많은 내 이중성이 너무 좋다.

어쩌면

내가 사랑에 빠진 상대는,

네가 아니라

널 사랑에 빠지게 만든 나 자신일지도 모른다.

5   너 여자 앞에서 그러면 매력적인 거 너도 알 텐데.
    저 여자 못생기지 않은 거 내 눈에도 보이는데.

    네 주장은 친절.
    내 눈에는 끼 부림.

    딜레마는 시작됐다.

    그 여자가 넘어갔음, 우린 끝.
    그렇게 끼 부려도 안 넘어갔음, 그것도 끝.

5 그 ×은 뭐데

네 글마다 댓글을 달아대는데?

화장 떡칠한 프사는 뭐데?

게시물은 왜 다 비공개인데?

실제 하는 말:

너한테 그런 페친이 있었어? 몰랐네.

5   내가 담에 봐도 괜찮다고 했던 건

"싫어, 지금 볼 거야."
라고 말하는 널 보고 싶다는 뜻인데.

"그래, 담에 보자."
를 원한 게 아닌데.

너한테 가장 유해한 존재는,

외롭다고 놀아달라는 네 여사친도

혀 짧은 소리로 오빠 오빠 해대는 학교 후배도 아니었다.

도우미를 꼭 불러야 직성이 풀리는,

퇴폐 업소 2차로 마무리해야 집에 보내주는

아는 형님이었다.

5   네가 그런 데까지 간 건

형들 잘 모셔야 하는 사회생활의 고단함.

내가 회식 2차까지 간 건

놀기 좋아하는 헤픈 여자의 숨길 수 없는 본능.

참 공정한 잣대야.

너와 나의 대화는 마치

잘 나가다 결말에서 말아먹은 영화 같다.

짜증은 나는데,

더 나은 결말을 제시할 수 없어

맘껏 욕하기도 애매하다.

갑의 연애 2 :

상대의 콩깍지가 벗겨지고 있음을
직감하는 순간이 있다.

매번 져주던 순간에 다른 반응을 내놓을 때.
예상치 못한 순간에 짜증이 섞일 때.
이거 싫다, 저거 싫다, 고쳐 달란 게
늘어나기 시작할 때.

그래.
내 위주의 관계를 어느 정도 조정해야
너도 오래오래 나를 사랑할 수 있겠지만,

안정기에 접어든 커플이라면
한 번은 겪는 헤게모니 싸움이라 하지만.

편하게 화내던 순간에
네가 안 져줄까 봐 눈치를 보기 시작할 때.

갑작스런 네 짜증에 당황해서 어찌할 바 모를 때.

이거도 안 되지, 저거도 안 되지, 내 행동 내가 검열할 때.

그래.

넌 그동안 늘 이랬겠구나.

마음이 깊어지는 동시에

난 이거 못 할 거 같은데,

마음이 잘려 나가는 이 느낌.

네가 변하면 나도 변해주는 게 맞는데

왠지 네가 바라는 방식은 아닐 거 같다.

우리는 서로를 죽여버릴 듯 싸우는 와중에도
상대의 행동을 모방하고 있었다.

어느 순간 정신을 차려 보면
둘 다 팔짱을 끼고 있었고

어느 순간 정신을 차려 보면
둘 다 왼손으로 턱을 괴고 있었고

어느 순간 정신을 차려 보면
둘 다 오른쪽으로 다리를 꼬고 있었다.

그리고 정신을 차려 보면
서로 달려들어 입술을 포갰다.

아직, 헤어질 때는 아닌 거다.
곧 오겠지만.

5 그래, 계속 그렇게 찌질하게 굴어.

그렇게 딴 남자들에게 덕을 베풀어.

나랑 어떻게 해보려고

진을 치고 있는 남자들 말이야.

너한테 너무 고마워할걸.

덕 쌓아서 좋겠다, 야.

복 받을 거야.

네 편인 듯했던 사람들이 새삼 남같이 느껴질 때,
맘 놓고 푹 기대볼 사람이 또 생길지 모르겠지만
난 아닐 거야.

휴일을, 주말을, 명절을, 따로 묻지 않아도
자연스레 함께할 사람이 또 생길지 모르겠지만
난 아닐 거야.

매일 싸워도, 고운 정보다 미운 정이 더 들어도
결국엔 '네 것'일 사람이 또 생길지 모르겠지만
난 아닐 거야.

퍽퍽해진 일상에 하루쯤은 추억에 잠겨
전화 한번 해볼 옛사랑이 또 있을지 모르겠지만
그 또한 난 아닐 거야.

나에게도 누구든 무엇이든 생기고 또 없어지겠지만
그 어떤 상대로도, 그 어떤 형태로도
너는 절대 아닐 거야.

깔끔하게,

Out of your life.

네가 싫다

5 우리 이제 친구 하자.

너만 바라보기엔 궁금한 남자가 아직 많고,

너를 없애버리기엔 갈아탈 남자가 아직 없고.

혹시나 다음 연애 안 풀리면

너랑 술 한잔은 하고픈데,

그때 네가 새 남자보다 나을 가능성은 배제할 수 없고.

혹시나 아무것도 안 풀려

옆구리 허전할 때 너라도 아쉬우면

적어도 랜덤보다야 검증된 남자니까 마음 편할 거 같고.

새 여자 찾아도 내가 부르면

넌 절대 거절 못 할 거 내가 아니까.

우리 관계 크게 달라질 거 없고

네가 내 모험 반대할 권리만 살짝 박탈하는 거니까.

꼬치꼬치 캐묻지 말고 그냥 친구 하자.

§ 사랑하지만 보내준다는 말이 어디 있어.

사랑이 모자라니까 보내는 거지.

사랑에 모자란 게 어디 있어.

사랑이 없는 거지.

5 로맨티스트가 가장 먼저 내려놓는 건
미지근하거나 차가운 게 아니다.

뜨거웠다가 덜 뜨거워진 것이다.

로맨티스트가 가장 먼저 취하는 건
지금 제일 뜨거운 게 아니다.

앞으로 뜨거워질 가능성이 충만한 것이다.

"고마워, 미안해.

내가 부족했어."

"미안해, 고마워.

네 행복을 빌게."

아 진짜 그만 좀 해.

그러면 네가 차는 거 같지?

정신승리도 가지가지.

5 　내가 갑이었다고?

네가 나한테 다 맞췄다고?

내가 대접받는 거에 익숙하다고?

늘 내 만족만 우선하느라 넌 불만이었다고?

세상에,

네 말이 진짜라면 그게 더 소름이다.

난 만족한 적이 없었거든.

네가 을이라고 주장한다면 굳이 말리진 않겠는데,

너 세상 능력 없는 을이다.

§ 관계는 노력이라고 했다.

그런데 노력이 필요한 거면

인연이 아니라고도 했다.

노력해도 안 되는 거면

노력이 부족한 걸까,

인연이 아닌 걸까.

어느 날 네가 말했다.

남자 인생엔 누구나 '꼼짝 마'가 있대.
이성도, 상식도, 논리도 안 통하는
그저 꼼짝없이 매번 끌려가고 마는 여자.

내 인생에 '꼼짝 마'는 너인 거 같아.
네가 아무리 내 마음을 뭉개도
네가 아무리 나날이 더 미쳐도
네가 날 원한다는 시그널,
아니, 원할지도 모른다는 그 작은 시그널 하나면

나는 또 상처받기 전의 나로 리셋 돼서
꼼짝할 수 없는걸.

내가 받은 최고의 고백이었다.
그래서 그 고백 믿고 까불었는데

너는 리셋을 수없이 반복하다

전원을 꺼버렸다.

방전은 생각 못 했다.

복수심에 가득 차 있는 거 알아.

제대로 한 방 먹인 것도 인정해 주겠어.

아팠어.

후회도 했어.

그런데 웬걸.

3만 원짜리 립스틱 하나 사니 기분 째지는걸.

5 사실은 나도 모르겠다.

내가 진짜 미안해서 사과를 하는 건지.

일단 사과해서 달랜 후에
내가 제대로 차려고 하는 건지.

5   인간관계의 핵심은

　　날 위한 결정을 하면서

　　상대를 위하는 척하는 것이다.

　　이별이라고 다르겠니.

§ 소개팅 앱 :

사진을 봤을 때 생각했지.

'아! 얘라면 똥차를 잊을 수 있겠다.'

그리고 내 앞에 실물로 나타났을 때 생각했지.

'똥차야, 구해줘.'

리바운드도

똥차 가고 벤츠 오는 운 좋은 여자 몫이지.

똥차 가고 인력거 오는 나로서는

똥차를 더 사랑하게 되는 결과.

나는 팩트가 조금만 비어 있어도
그 사이로 별별 상상이 다 가동된다.

그렇게 촘촘히 디테일을 채워 넣어야
상황이 이해되고 다음 행동을 정한다.

근데 넌 내 디테일이 다 틀렸대.

난 또 다른 시나리오를 촘촘히 써서
상황을 분석하고 다음 전략을 짠다.

또 틀렸대.
나는 내가 원하는 방향으로만 본대.

아니 그럼 네가 상세히 말하던가,
너 말솜씨 없다고 '네', '아니오'만 하고 자빠지면
뭐 어쩌라고.

한마디만 해도 믿을 수 있는 사람은 아니잖아, 애초에 네가.

나만 당할 순 없다.

뭔가 어긋난 걸 열심히 짜 맞추려는 네 눈빛

나는 말을 할수록 실점한다는 걸 안다.

최대한 네 상상에 맡긴다.

진실은 미지의 영역으로 남겨둔다.

너는 결국

네 상상이 맞았는지, 틀렸는지,

네가 편한 쪽으로 생각할 수밖에 없을 거다.

그리고 그쪽은 결국 나에게 유리할 거다.

넌, 나와 헤어지는 방향으론 결론 내지 못할 테니까.

5   우리는 우리를 믿고 견디기에
    피차 상상력이 너무 풍부해서,

    그 상상력은 자기만 상처받는
    시나리오로 늘상 가동이 돼서,

    아직 일어나지 않은 일로
    서로를 비난하고 자기를 보호하느라 바빠서.

    서로가 너무 좋아 너무 불안한 건데
    아이러니하게도 그 불안에 잠식되고 나면
    얼마나 좋기에 이토록 불안한 건지를 잊고
    그 불안을 정당화시킬 상대의 틈만을 찾는다.

    이렇게,
    상상력이 실체를 이긴다.

나는 상대가 절실할 때 밀어낸다.

진짜 밀려나나 안 밀려나나 너무 궁금해서.

나는 상대와 끝내고 싶을 때 붙잡는다.

확실하게 차이고 다신 흔들리기 싫어서.

고생 많았다, 너.

난 네가 좋아,
지난번 이거만 고치면.

너도 내가 좋지,
지난번 그거만 고치면.

이거 고치고 저거 고치고
다 고치고 나니

너는 네가 아니고
나도 내가 아니고

잔뜩 눈치만 보며 몸 사리는
쫄보 둘이 남았네.

5 그래서 그새
개랑 사귄 거야?

그 몇 달 새?
잤어? 잤냐고.

결국 터져 나오는
네 질문.

그렇게 신경 쓸 거면
애초에 안 헤어졌음 됐잖아, 나랑.

세상 쿨한 척
떠날 땐 언제고.

그게 싫었음
하루빨리 돌아왔어야지.

나랑 헤어지고

네가 폐인같이 살았다고,

너랑 헤어지고
내가 폐인같이 살았겠니.

난 좀 많아서,
인기가.

네가 아무리 의심해도

내 폰 안 보여줄 거야.

네가 생각하는

그 이유 때문이 아니야.

다른 남자 같은 건 없지만

그래도 못 보여줘.

이유는 묻지 마.

오늘 통화 목록에

택시 아저씨밖에 없어서라고

나는 절대 말 못 해.

5   우리 사랑은
북미 박스오피스 1위 같아.

달랑 일주일 했는데
평생을 우려먹지.

5 사람은 안 변하는데
　　사랑은 변한다.

　　사랑이 변하지 않고
　　사람이 변할 수 있어야 하는데,
　　오히려 그 반대이니
　　결론은 하나다.

　　사랑이 변해서든
　　사람이 안 변해서든
　　혹은 둘 다든
　　우리는 끝이다.

5   내가 널 너무 사랑한 나머지

너는 변할 수 있는 사람이라고,

날 위해 기꺼이 그렇게 해줄 거라고 믿었다.

너의 변화는 곧

날 사랑한다는 강력한 증거.

그리고 내 존재의 위대함.

그래서

사랑이 아닌 자존심의 문제.

내 존재에 끊임없이 의문을 품는 나는

네가 기꺼이 변할 만큼 내가 괜찮은 사람이라고

나는 그 정도 힘이 있는 존재라고 믿고 싶었다.

그토록 안 변한다는 사람도 바꿀 수 있는 사람.

내가 필요로 했던 건 그 타이틀.

그래서 네가 망친 건 내 사랑이 아니라

내 능력이었다.

네가 여전히 그 모양인 건 내 알 바 아니고,
내 매력이 그 정도 위력적이지 못했다는
사실에 분개한다.

네
가
싫
다

사랑은 행동으로 입증하고
성공은 행동으로 쟁취하고
행동이 전부다.

네 머릿속은 안 궁금해.
행동을 해, 행동을.

언젠가는 조만간에
상황이 좋아지면 인연이 허락되면
전부 다 헛소리.

말뿐인 말 안 필요해.
다음 주 수요일, 이달 13일. 난 그런 거 원해.

5 아, 그래서 그랬구나.

무릎을 탁 치는 순간,

오랫동안 헛돌던 큐브가 딸깍 맞아떨어지는 순간,

흩어져있던 퍼즐 조각이

따다닥 빈틈없이 메워지는 순간.

그런데 그 완성체가

쓸쓸할 만큼 간단명료한 순간.

그 쉬운 걸 상상도 못 했던

내가 바보같이 느껴지는 순간.

네가 날 더 이상 사랑하지 않는다는 전제 하나 깔면

이렇게 다 맞아떨어지는데.

5   그래, 사랑이 식은 건 죄가 아니지.

근데 아닌 척하고 버티다가

결국 이런 식으로 눈치채게 만드는 건 죄지, 이 개새끼야.

5 과정은 중요하지 않다.

누가 누구에게 비수를 꽂았고

누가 누구를 투명인간 취급했는지는

전혀 중요하지 않다.

둘 다 내상과 외상을 입었다.

관건은,

누가 먼저 멀쩡해지느냐다.

누가 먼저 완치해 퇴원해버리느냐다.

누가 더 많이 아팠느냐 보다, 누가 더 오래 아팠느냐.

한때 전부였던 연인 간의 승부는 바로 그거다.

5 좋은 추억 남겼으니 괜찮아?

한때나마 진심이었으니 됐어?

웃기지 마.

넌 나를 잊지 못해

시름시름 앓다가 말라 죽었으면 좋겠어.

잠시라도 괜찮아진다면,

세상에서 가장 황당한 사고로 비명횡사했으면 좋겠어.

그러면 괜찮을 거 같아.

그러면 됐어, 나는.

우리 관계는 바이킹을 타는 것 같다.

왔다 갔다 너무 재미있는데

내려 보면 한 발짝도 못 나간 거다.

아찔하게 신나서

내려 보면 그 자리.

멀미 나고 아파서

내려 보면 그 자리.

그 자리, 그 자리, 그 자리.

이제 아찔하지 않아도

이제 멀미 나지 않아도

다른 자리 한번 가볼래.

내가 싫다

어렸을 땐
세상 욕하는 재미로 살았다.
그런데 이젠 그것도 못 해 먹겠다.
내가 제일 쓰레기다.

● 솔직히 남 탓할 때는 아니다.

내가 제일 문제다.

제대로 된 길목에서 방향을 튼 것도 나고

제대로 된 인간의 뺨을 올려 친 것도 나고

제대로 된 기회 앞에서 하루 10시간씩 잠만 처잔 것도 나다.

나는 기회 불평등을 논할 자격이 있을까.

기회가 정말 없었을까.

죽도록 노력했으나 가까스로 놓쳤을까.

오로지 불평등 때문에?

저들만의 리그에 끼지 못한 게

오로지 내 수저 색 때문일까.

포기부터 배운 건 내 결정 아니었나.

🍎 사회가 불공평한 게 좋다.

출발선이 같다고 내가 저 앞에 있을 거란
자신이 없다.

불공정 핑계로 뒷짐 지고 서서
욕이나 하는, 편한 지금이 좋다.
수저 핑계 댈 수 있는 지금이 좋다.

그 누구도 내 패배를 손가락질하지 않는
지금이 좋다.

🍒 나는 나의 부족함을 숨기기 위해
부조리함 뒤에 숨는 경향이 있다.

사교성이 없는 건데
사람들이 이상한 거라 하고

리더십이 없는 건데
성차별을 문제 삼고

노력을 덜 한 건데
1% 특권만 아쉬워하고

만사 귀찮은 건데
소확행이나 권하는 사회를 저주했다.

세상은 분명 뜯어고쳐야 하지만
나도 마찬가지다.

🍎 어려서부터 나는
나대는 애들이 정말 싫었다.

뭐라도 해보려는 그 절박함을 비웃고
저렇게라도 관심을 끌려는 애정 결핍을 동정했다.

나댔다가 안 될까 봐 겁이나 숨어 있는
나 자신을 정당화하기 위한 것이었다.

♥ 꿈을 포기하다 :

가시밭길을 돌아가는 건
현명한 거다.

꼭 가시를 밟고 도끼를 들어야
용기 있는 건 아니다.

세상 참 까끌까끌하다.

칼이 안 보인다고 무턱대고 비볐다간,

여린 표피 조직이 후드득 뜯겨나갈 수 있다.

차라리 피라도 철철 나면 좋으련만,

흉기가 없으므로 상처받았다고 주장하기도 애매하니

황급히 없던 일로 하고

'이까짓 거' 하는 표정을 지어야 한다.

그것이

자존심이라도 건지는 방법이다.

♥ 위로받을 자격이 있는지도 의문이다.

잔뜩 긴장한 빅데이.

아무도 연락이 없으면
다 미워 심통이 나고

연락이 와 가볍게 말하면
장난하냐, 짜증이 나고

연락이 와 무겁게 말하면
왜 걱정을 늘려 주냐 화가 나고

나조차도
나를 맞춰줄 자신이 없다.

❦ 내 일은

압박감과 허무함을 격렬하게 오간다.

열정이나 사명감으로 보기엔

너무나 큰 스트레스를 주고

번아웃이나 슬럼프로 보기엔

너무나 큰 공허함이 뒤따른다.

분명 열심히 쌓았는데 보이지 않고

잘했다고 칭찬받는데 어떻게 했는지 모르겠다.

● 직업병 :

기자라서 그렇다.

듣고 싶은 말이 나올 때까지 되묻는 건.

네 말에서 오류를 잽싸게 찾아내는 건.

미심쩍은 부분 들이파는 것도.

일단 센 말로 기선제압 하는 것도.

관심 끌 만한 말로 낚시질에 능한 것도.

친구들은 말했다.

"혜린아, 너 어려서부터 그랬어."

"기자가 천직이야."

자격증을 하나 더 따면

그럴듯한 취미가 늘면

값비싼 명품백 구비하면

언제 쓸지 모를 아이템 하나 장만한 느낌.

내가 업그레이드되는 느낌.

그리고는 금방 원위치.

내 자아는 깨진 독에 물 붓기라

절대로 채워질 수가 없다.

콱 죽어버리고 새로 태어나
제대로 살고 싶단 생각이 들 때가 있다.

근데 내가 한 짓들을 생각하면
개구리로 환생할 게 뻔해서

어떻게든 이번 생애에 매달려야.

🍎　내 팔자는 내가 힘을 낼 때를 기다리는 것 같다.

기가 막히게 찾아와서

새 시련을 준다.

🍒 이 또한 지나가리라.

맞다.

그리고
더 크고 지랄 맞은 뭔가가 오리라.
끝도 없이 오리라.

맞을 거다.

🍎 격렬하게 성공하고 싶다.

그와 동시에

격렬하게 망가지고 싶다.

❧   차라리 확실한 갑을이 좋다.

비등비등 왔다 갔다 헤게모니 싸움, 너무 피곤하다.

내가 답하는 데 걸린 시간,

네가 답하는 데 걸린 시간.

내 답의 글자 수,

네 답의 글자 수.

꼼꼼하게 세어보다 울컥,

이딴 거까지 세고 자빠진 내가 싫어서 울컥.

쿨하고 싶은데 괜히 삐딱,

대인배 하고픈데 더 삐딱,

차라리 멀어져 버려라 삐딱.

난 글러 먹었다.

내가 정말 좋아하고 소중하게 여겼던

사람에게서 듣는 말.

"네가 너무 좋은데 너무 미워."

"네가 너무 좋은데 믿을 수가 없어."

난 너무 좋은 사람일까 봐,

내가 더 좋은 사람일까 봐,

꼭 막판에 뒤집어엎고 뒤통수를 쳐야 맘이 편했다.

그리고 진짜 뒤집어지면

어떻게 복구시킬지 몰라 온몸이 아팠다.

그리고 복구 안 되는 네 작은 맘을 탓하며

연을 끊고 숨었다.

왜 그렇게 어려웠을까.

상대보다 좀 더 좋은 사람이 되는 게,

상대를 좀 더 좋아해 주는 사람이 되는 게,

그렇게 좀 져주고 상대를 얻는 게,

결국은 지는 게 아니었는데.

❤ 촉이 너무 좋아서 그렇다.

네 머리가 어떻게 돌아가는지
빤히 보이는데 어떡해.

네 본성이 어떻게 굴러가는지
빤히 보이는데 어떡해.

티저 하나 보면 결말까지 일사천리인데
어떻게 발을 안 빼냐고.

나는 수동적인 사람이라
주기 전에 뭘 받았나 계산을 하고

나는 줏대가 없는 사람이라
내게 숙이는 만큼만 움직여주고

나는 매우 소심한 사람이라
내게 잘못한 만큼만 잘못해준다.

누가 날 비난할 건데?

캘린더를 가득 채우고
휴대폰을 한시도 놓지 않는다.

아무래도 내가 사람을 좋아하는 거 같진 않은데
왜 이리 집착하는지 모르겠다.

잠시라도 방심하면
세상이 나만 빼고 행복할까 봐.

'읽씹'이 더 나쁠까.

'안읽씹'이 더 나쁠까.

보낸 내가 제일 나쁘지.

네가 읽든 말든

답을 하든 말든

내 할 말 했음 됐다, 하고픈데

2분마다 들여다보면서

심심해서라고 자위하고 있는 나.

🍎 내가 잘나갈 땐

전화를 여러 번 씹혀도

어디 아픈가 보다 했었는데.

내가 못 나갈 땐

카톡을 10분만 안 읽어도

나를 개무시한다, 방방 뜨게 되니.

도무지 객관성을 유지하기 힘든 지점.

술 한잔하면서도 내 얘기 안 캐묻는 친구.

백허그만 해주고 더 진한 거 요구 안 하는 남자.

계산할 때 외엔 날 못 본 척하는 종업원.

보통은 이런 게 섭한데, (^^)

가끔은 딱 이 정도만 절실할 때가 있다.

사람과 사람 사이

내 맘대로 늘렸다 줄였다, 고무줄이면 좋겠는데.

내가 운전 미숙인지, 욕심이 과한 건지.

늘 접촉 사고, 아니면 경로 이탈.

갑갑하다 말고 허전하고

허전하다 말고 갑갑한.

중간이 없다, 중간이.

회사는 그저 월급 주는 곳이고
남친은 그저 시간 때우기 용이고
꿈은 그저 오늘을 버티는 진통제.

내려놓으면 편하대서
잠시 내려놓았더니
맘만 편한 멍청이가 되었다.

🍓 1년 후, 나는 다를 것이다.

5년 후, 정말 다를 것이다.

10년 후, 진짜 깜짝 놀라게 해줄 것이다.

일단 내일은,

똑같을 거 같다.

● 내 열정 누가 훔쳐 갔어?

🍎 다 도전하라 하지.

희망을 가지라 하지.

성공한 사람들만 인터뷰해서 그래.

실패한 사람들한테는 안 물어보잖아.

누구나 짝이 있다,

더 좋은 사람 나타난다,

이딴 소리 하는 사람들 다 때리고 싶다.

걔가 아닌데 짝이 뭔 상관이며

걔보다 더 좋은 사람이 어디 있다고.

수십 년을 찾아 헤매 겨우 하나 만났는데

어떻게 또 찾으라고. 72살에 찾으라고?

누구나 때가 있다,

노력하면 기회가 보인다,

이딴 소리 하는 사람들 다 때리고 싶다.

내 때가 지나갔으면 어떡할 것이며

기회가 안 보여서 힘든데 어쩌라고.

수십 년을 고생해서 겨우 하나 도전했는데

어떻게 또 하라고. 죽고 나서 성공하라고?

위로해주는 건 알겠는데
하나도 안 고마운 건,

내가 남에게 그런 위로를 할 때
딱히 영혼을 담은 적 없기 때문이다.

너라고 다르겠니.

🍶 <u>스스로를</u> 학대하는 몇 가지 방법이 있는데,

그중 하나는

내가 바보 같았던 그 순간을 씹고 또 씹고 곱씹어서

현재진행형 상처를 굳이 또 추가하는 것이다.

내가 대체 왜 그랬지.

그 새끼를 왜 용서했지.

하나밖에 없는 답.

없던 일로 하자.

♥ 운동해야 합니다.

스트레스 받지 않아야 합니다.

술, 담배, 매운 음식 안 됩니다.

자신을 아끼셔야 해요.

네,

로또 되면

그렇게 할게요.

혼자서 행복해야

연애도 잘한다고?

혼자서 행복하면

연애 같은 걸 왜 해?

♠   나쁜 사람의 약점 :

기본적으로 내가 상대보다
나쁘다고 생각하기 때문에

상대가 나만큼 나쁘거나
나보다 훨씬 더 나쁠 거란 계산까진 하지 못한다.

우습게 봤다가 임자 제대로 만나면
영혼 끝까지 탈탈 털리는 거다.

내가 그다지 똑똑하게 나쁘지도 않다는
진실까지 마주하는 참담함까지.

어설프게 나쁜 사람의 한계다.

내가 아무리 나빠도,
나보다 나쁜 놈은 반드시 있다.

내가 나쁜 사람으로 보이지 않듯,
상대도 그렇다는 걸 알아야 한다.

착해서 당한 거보다,
덜 나빠서 당한 게 훨씬 더 분하다.

입 싼 애한테는 애초에 말을 안 하면 되고
나 씹는 애 말은 애초에 무시하면 그만이고
관종한테는 애초에 관심을 주지 않으면 될 것을.

뭐 하러 굳이
비밀을 말해주고
마음을 열고
내 인생에 들여서
사사건건 스트레스를 받냐고.

내가 문제다, 문제.

늘 재밌던 게 지루하고

늘 끌리던 게 끔찍하고

늘 넘치던 에너지는 감쪽같이 사라졌다.

아주 단순한 작업도 집중이 안 되고

말이 조금만 길어지면 못 알아듣겠고

살짝 이해가 안 돼도 절연하고 싶다.

세상으로부터 도망칠 모든 준비를 마친 사람처럼

오늘 내 하루는

100% 비건설적이다.

장염을 달고 살면서 술은 못 끊고,

밤마다 잠 못 이루면서 커피 못 끊고,

결국 또 후회하면서 헤어지자 못 하고.

독하지 못한 나란 인간,

나를 해하는 일만큼은 참 독하게도 잘한다.

🌶 관심종자 :

나는 스스로 빛나는 법을 몰라서

사람들이 칭찬하지 않으면 어쩔 줄을 모른다.

내가 이대로 어정쩡한 인물로 전락할까 봐.

나는 스스로 확신이 없어서

사람들이 부러워해 주지 않으면 어쩔 줄을 모른다.

내가 이대로 루저가 돼서 그들 사이에 못 섞일까 봐.

나는 스스로 존재할 줄 몰라서

사람들이 봐주지 않으면 어쩔 줄을 모른다.

내가 이대로 없어져도 아무도 눈치채지 못할까 봐.

나도 이런 내가 싫은데,

나도 나 같은 사람 딱 질색인데.

내 속은 텅 비어서

남의 빈말이라도, 시샘이라도, 하다못해 욕이라도,

뭐라도 잔뜩 채워 놔야

안 넘어지고 버틴다.

🍎 너도 많이 힘들 거다.

당당해 보여도 사실 불안할 거다.

아무도 모를 깊은 고민도 있을 거다.

분명 대단한 일이지만 운도 따랐을 거다.

그 운이 천년만년 가지는 않을 거다.

축하는 하지만

닥쳐올 위기도 잘 대처하길 바란다.

부럽다,

그 한마디를 못 해서

비비 꼬인 마음.

🍎 진짜 나 때가 맞을 때도 있거든.

나 때라고 해서 다 틀린 거 아니거든.

구체적으로 뭐가 맞냐고?

나 때는 말이야.

그렇게 꼬치꼬치 안 물었거든.

젠장.

나이 드는 것도 서러운데

말싸움도 지고 있어.

돈을 한번 아껴볼까 했는데
어차피 집도 못 살 돈,
만들어서 뭐 하려고.

청승 떨고 있는 내 모습
내가 보기 너무 가여워.
옜다, 택시비 16,800원.

나는 이제 살만하다.

고작 16,800원으로,
또 금세 살 만해지는
참 소박한 내 인생.

🍒 시간을 돌릴 수 있을까, 생각하다 멈춘다.

어쩜 겨우겨우 돌려서 지금으로 온 건지도 몰라.
잠시도 멍 때려서는 안 된다.

조급하다.

🍎 지구는 날 엿 먹이는 방향으로 돈다고
믿던 시절이 있었지.

정말 순진했지 뭐야.
길 가다 발끝에 걸리는 조그만 턱 하나마저도
내 인생을 엿 먹인다며 사자후가 뿜어져 나오던 시절.

어느 날 깨닫게 돼.
세상은 내게 관심이 없다.
주연이 아니고 조연, 아니 엑스트라.

지구는 그저 돌던 대로 돌 뿐이고
세상은 내가 엿 먹든 말든 아무 관심이 없을뿐더러
어쩌면 내가 누군지도 모르는 것 같다.

그러니 나 하나 엿 먹이겠다고
온 세상이 기를 쓰고 방향을 바꿀 일도 없다.

인생은 랜덤에 랜덤, 그리고 또 랜덤.

너나 나나 그저 룰렛 판에 쭈그리고 있는

어느 작은 숫자.

내 앞에 서면 땡큐, 아님 다음 판.

나의 아주 일부분이라도

평범에 가까워질까 봐 질겁하며

어린 시절을 보냈다.

지금은

어느 한 부분이라도

평범에 미치지 못할까 봐 식겁하며

하루하루를 산다.

🍎 고기 1인분 더 시킬 때 눈치 안 보는,

죽도록 힘들면 눈 딱 감고 사표 낼 수 있는,

이번 연휴는 또 누구랑 보내야 하나 걱정 안 해도 되는,

술 취해 잠들어도 네가 나를 안전하게 돌봐줄 거라 믿는,

딱 그 정도의 여유와 안정.

뭐가 이리 어려워.

🍓　이왕 성격 더럽다 소리 들을 거면
　　뼛속까지 나쁜 년이고 싶은데.

　　이왕 피도 눈물도 없다 소리 들을 거면
　　돌아서서도 냉정해지고 싶은데.

　　왜 쌍욕하고 슬그머니 눈치를 보는 걸까.
　　왜 꺼지라 하고 주위를 맴도는 걸까.

　　모양 빠지게.

　　젠장,
　　잠도 나만 못 자는 거 같아.

● 요즘 내 멘탈 관리법 :

1. 그럴 운명이다.

2. 어쩌라고 ××.

3. 어떻게든 된다.

💧 돈 없는 건 돈 없는 거지.

못생긴 건 못생긴 거지.

세상은 명쾌하게 잔혹한데

뭐가 자꾸 소중하대.

나 혼자 괜찮다, 괜찮다,

두 눈 꾹 감아봤자 무슨 소용.

세 시간짜리 프로포폴보다도 못한

자존감 따위.

내가 덜 소중한 거 안다.

내가 덜 똑똑한 거 안다.

내가 덜 섹시한 거 안다.

그래서,

덜 착하게 살겠다는데

보태준 거 있어?

딴 건 없어도,

사람 하나는 참 좋아?

난 그딴 거 안 해.

누구 좋으라고.

🏺 나는 욕망의 노예다.

맛있는 건 소화제가 필요할 만큼 먹어대야
직성이 풀리고

맘에 드는 남자는 반드시 들이대 봐야
호기심이 풀리고

그 어떤 아름다움도, 권리도, 하다못해 의무도
나의 아침잠을 방해할 수 없다.

덜 예쁘고
덜 도도하고
덜 성공하겠지만

뭐, 나쁘지 않은 인생이다.

● 못된 짓도 해봐야

착한 짓 할 때 더 뿌듯하다.

어차피 세상이 엉망인데,

나 혼자 공명정대해서 뭐 할 건데.

살다 보니 다 나름의 사정이 있더라고.

권선징악은

세상 게으른 작가가 대충 쓴 결말이었어.